歌集

風船蔓

ますいさち

青磁社

風船蔓＊目次

I

II

III

Ⅳ

ますいさち歌集

風船蔓

I

フリフリフリル

誰だって大空駆けたくなる陽気　*矜羯羅童子《こんがらどうじ》や*制多迦童子《せいたかどうじ》も

*不動明王の脇侍として徳を司る童子

春の光揉みこむようにゆれゆれて庭の白楠発光したり

光曳き踏み石渡るかたつむり来世おまえは何になるのか

虹色に百のしゃぼん玉光りつつ坂下りくる幼を囲み

ひそひそひそ幼の好きな糸電話むじょむじょむじょっとこそばゆさ湧く

もてあます思いと共に捨て去ろうフリフリフリルの白いブラウス

巣立ち

鼻歌で靴みがく子の背の揺れをしばし見つめおり成人式の朝

天に向きエンジェルトランペットふたつ咲く採用通知が子に届きし日

ふっくりと結ぶ蝶結びスカーフのすみれの花を咲かせてゆかん

少しずつスリムになりゆく軽やかさ息子ひとりが巣立ちて行きぬ

焼きなすのなすびの数をいくつにしよう息子ひとりが居ないこの夏

「おかあさん」と息子の彼女が呼ぶからに平然として「なあに」と答う

とまどいは段差ひとつにも声掛け合い息子と彼女のねんごろなこと

屋根裏の揺りかご積み木捨てられず娘を揺らし息子の積みし

赤や黄の塗りの剝げたる木の積み木屋根裏部屋で積みたるは誰

ふたたびの日の目を見たり木の積み木息子に似たる孫の手が積む

水張り田

水張り田に囲まれている吾が家なりある夜は湖上のマハラジャ御殿

マハラジャの湖上の御殿に住む心地　裏の水張り田に月の照る夜は

ほうたるの点滅に合わせ吾が息を搾り出したり吸い込んでみたり

泥土のいい塩梅の温とさよ足指のあわいが喜んでいる

浮き草はまだ一枚も目にせぬが瞬く間だろう田を覆うのは

早苗田

水張り田が早苗田となりふるふると心細げな風の足あと

嫁ぎ来て幾度目となる田植えかな植えては刈りて年齢《とし》重ねたり

嫁ぎ来て二十二回目の田植えなり泥の温みは指間より湧く

水張り田が早苗田になる嬉しさにツバメきたりて宙返りする

野良着など息子は持たずGパンにTシャツ、無帽で田植機を押す

田植えには手伝いに来る息子いて朝より作るおむすび弁当

風に靡く早苗をしっかり摑んでる泥土頼もし田植え終わりぬ

早苗ふんばる

不揃いにうねる青田を見ていれば風よおまえの手足が見える

裏の田の早苗も伸びてきたらしい水は隠れて緑の一刷け

いとけなき幼ら並びて立つごとし早苗ふんばる薫風のなか

二階より見下ろす青田に稲波の忍者のごとき走りは止まず

風船蔓

寂しさは地の果てよりやってきて風船蔓に忍びこみたる

ゆとりとは柔軟性とは器とはふるふる揺れる風船蔓

風船も星の小箱も忘れたり四角い紙はいつも折り鶴

握手せしローズマリーの残り香よ香るたび吾に風穴は開く

千の風

若くして他界された友を偲んで

たなごころ窪めて掬おう春の陽をある時あなたは光であると

明日香村の曼珠沙華の傾《なだ》りにもあなたは来ていた確かに来ていた

寂しさに哭き声あげればぼたん雪落ちんばかりの空模様です

雪雲の重く垂れたる立春に死者よりの便り吾に届きぬ

「泣かないで私は千の風となり大空わたる」と死者の便りに

月読みの蒼き光に佇ちつくす幽けき声の届く気がして

利休梅はなも空に沈みたり色を無くして終わり行く〈今日〉

白鷺は両足揃え首のばし水色の空を流れゆきたり

痛みなどあらぬ浄土と思うとき生者も嬉し　雪降り止みぬ

悲しくもあなたの声を忘れゆく七回忌までの朝な夕なに

六十より老けることなき死者なれば花柄スカーフ華やかにあり

濡れ縁

流木を並べたるような濡れ縁に流れるように吾を置きたり

日面《ひおもて》の縁に寝そべるわたくしの耳の中まで光が溜まる

濡れ縁に本とコーヒーおざぶとん　わたしの時間を小さく囲う

縁側に寝転ぶ吾のおへそよりジャックの豆の木伸びゆくような

ほのぬくき白骨のような濡れ縁で祖母の着物など解いてみたし

わたくしの思考の原に侵入し静かに乱して野良猫とおる

杳き日の駅の根際《ねき》なるタバコ屋の鉄錆色の屋根瓦　ふと

床の間の射干《しやが》の花二輪の静けさよいつみてもそれぞれに孤独

冬陽さす濡れ縁に置くシクラメン母に薄紅、吾には白を

濡れ縁に冬陽は溜まる両の手に砂金掬うごと掬いてみたり

入母屋造りの田の字の部屋を開け放ちご先祖様がた寛ぎ給え

きまぐれな雨の気配を伺いて洗濯物を入れたり出したり

濡れ縁を濡らしゆく雨いくそたび雨露に遭いし濡れ縁ならん

おもいきり雨は降りたり地団太を踏みて泣きしは縁日の吾子

雨止みて雲うすくなるひのくれに西方浄土の光もれくる

濡れ縁のすっかり影になる日暮れ吸う息吐く息あゝ楽になる

なにごとも起こらぬままに今日も過ぎ吾に降る雨すこし温か

鎮守の杜

鎮守の杜　置き去りのような木陰ありしんみり砂の湿りていたる

よもすがら雨に濡れたる飛び石に紅葉一枚貼り付いている

たっぷりと昨夜の雨を吸いたれば飛び石はつか軟らかくあり

陽のあたる傾り一面に清らなるレースの投網《とあみ》か花からすうり

打ち水

打ち水に潤い始め敷石はふっくりしっとり柔肌のよう

ぽつねんとブリキの馬穴《バケツ》が道端で夏の光を水に混ぜている

打ち水に潤い始む敷石を頑なままの吾が身を運ぶ

えのころ草

えのころ草アスファルトより噴き出して誰の手毬か隠し始める

あと少し手を延ばせば端っこを摑めそうな虹を追いかけ

通り雨わが額濡らす頬濡らす何処のキツネか嫁にゆくらし

常ならぬ光を放ち行くならん狐の嫁入りいまし頭上を

あじさいの終わりし矢田寺に人影なく蟬時雨きく地蔵とわたし

〈ぬうたらぬうた〉不意の陽の下に太ミミズそれでも慌てて〈ぬうたらぬうた〉

カナカナ一四

流れに沿い妙性寺へと登りゆく機織る音に吾を弾ませ

妙性寺だれも坐せず　いましがた誰使いたる盥《たらい》のお水

遠き日と変わらぬ町並み城崎は柳の向こう「一の湯」見える

四百のきだはしの上に温泉寺　カナカナ一匹絶え絶えに鳴く

温泉寺の白骨のごとき主柱《おもばしら》　時雨るる夕べまだ濡れずあり

II

巡礼街道

西国三十三所霊場を巡礼する東高野街道

神無月の陽光溜めるキリン草高野山への巡礼街道

くちなわの去りし草生のぬくもりよ物言わぬものが残したるもの

夕焼け空は天地創造を思わせて巡礼街道を点す柿の実

巡礼街道の途切れる所でさあ帰ろう　えのころ草の吹き出る所

飴色の籐椅子

うたたねの吾を揺らす子守り歌　誰かが田圃で鎌を研ぐ音

昨日まで開け放しの戸は閉まり開けては閉めて家なか渡る

夏の音を持ち去りたるは誰ならん静かに遊ぶよ秋の光は

秋の陽を背中に置いて居眠れば木蓮の葉はカサンと落ちぬ

知らぬ間に陽は遠ざかり忍び来ぬ吾が体温を欲しがる風が

忘れたきはきのうのわたし　飴色の籐椅子に寄り何処へも行かず

月明かり

月の光刃物の色に冴えわたり今宵はこおろぎ一匹で鳴く

月明かりの地面にくっきり立つポプラ木魂《こだま》は影に立ち木は抜け殻

池の面に光の杭を打ち込んで夜のとばりを支えていたり

金と銀の鞍はなけれど吾が犬と月夜を歩けばはろばろ砂漠

右肩に乗りて遊べる者は誰　今宵は少し肩の凝りいる

往く川の過ぎにし人ら瞬きて今宵の星は皆たのしそう

こんな夜は神の喜ぶ舞をせん貝の釧《くしろ》や勾玉《まがたま》つけて

関の宿　蔵のブティックに出会いたる柿渋染めのブラウスと吾

あかまんま

今朝がたの雨が残していったもの秋海棠に透ける秋冷

天地の透きゆく今朝にふさわしく秋冥菊咲く深々白く

秋彼岸うらの畦道まっかっか彼岸の花は天突き咲ける

秋彼岸明日香をさまようわたくしに灯りのごとき彼岸花咲く

ひのくれに一輪ぽつんと彼岸花かそかシンバルの余韻のごとし

陽は沈み背を押されたる心地して足のばそうか*美具久留御魂神社《みぐくるみたまじんじゃ》まで

＊著者居住地の氏神さま

シンバルの余韻のごとき彼岸花神社の杜の暗がりに咲く

曼珠沙華ともして父があの世から稲穂のふくらみ確かむる今宵

陽の光誰が編みたる曼珠沙華月光ならばからすうりの花

収穫

いつのまにこんなに垂れていたのだろう重げに揺れる稲穂のカーブ

抗わず撓ってごらんこのように黄金の稲穂がいっせいに告ぐ

干されたる稲穂の乾く秋の原　肩の力を抜けばいいのだ

タアタンタアタン昔の音です脱穀の　タアタンタアン眠たくなります

南京黄櫨の木陰に拡げるお弁当ひと粒の米も買ったことなし

稲刈りに家族総出は昔ばなし　コンバイン一台仕事二時間

コンバインのエンジン止まり静けさは吾を柔らかく包み始めぬ

稲刈られ戦ぐものなき田の土を秋の陽静かに温めておりぬ

貝殻骨

トラクターに跨り田圃を駆ける夫秋陽のなかより吾に手を振る

葉の落ちし南京黄櫨に芽吹きのごと百の雀の冬の賑わい

小さな円墳ふたつ寄り添う二子塚落ち葉に落ち葉が積もりて隠す

嫁ぎきてしかと引継ぎしテクニック祭りに欠かせぬくるみあん餅

さようならと手を振るごとく提灯を揺らして日暮れをダンジリ帰る

乾きたる吾に沁みくるスカイブルー貝殻骨も柔らかくなる

起重機はつぎつぎ鉄骨を積み上げて三角四角に秋空刻む

小春日和

枯れ枝のようなる首筋揉んでやる小春日和の縁側に独り

「かごめかごめ」小春日和のリビングに吾を巡りて木の影葉影

冬の陽を背中に置いて居眠れば木蓮の葉はカサンと落ちぬ

締まるもの緩むものそれぞれに小春日和に吾が家は軋む

年の瀬を

車中より無声映画を見るような雪の年の瀬を人ら行き交う

倉の戸をあければイタリアンレストラン薄暗きなかを奥へ奥へと

師走尽こおりつくなかを墓参り吾が体温を亡き人が恋う

おとしだま

新しき家族と共に寿がん庭に蠟梅はなやぐ年明け

ほわほわと薄紅さざんか咲くように息子に並びてその妻座る

祝おうぞ金粉の舞う熱燗で今年の夏には孫が産まれる

〈ぽちぶくろ〉〈おとしだま〉などと弾みたり楽しきかなこの習わしは

氏神の美具久留御魂神社へ初詣で氏子となりて三十二回目

八十九歳の母より頂く〈おとしだま〉捨てられず有る〈ぽち袋〉あまた

瞬く間に次の正月も来るのだろう日めくり暦をめくる間に

わたくしの散歩コースの折り返し氏神さまの晴の日　元旦

不景気を話題にしつつも酌み交わすお屠蘇のせいか皆笑顔なり

やがて静かに

〈静寂〉という音の充ち充ちてやがて静かに雪降り始む

ひたすらに天より地へと急ぐ雪　音なき音の降り積もるごと

蠟梅の花のあわいをほよほよと五つか六つ雪片は落つ

暮合の池の鎮もり　安らかな寝顔の吾が沈みてゆきぬ

木枯らし

木枯らしより逃げる如く戸をあければ吾より先に枯れ葉入りたり

木枯らしよ小気味よくもっと吹け余計なものは何も要らない

木枯らしは雨戸を叩き叫びたり「あまりに寒い、あまりに寂しい」

少しずつヒヨドリに盗られ乏しきは赤い万両、白い万両

人肌を恋うる木枯らしわたくしのふところ深く忍び入り来る

小正月

小正月いつもと同じく水仙をどさんと壺に投げ入れ迎える

俯きて小芋あまたを剝きおれば誰かが庭に拡げし暮色

如月の庭より切りしさざんかは一輪になれば増す力あり

さざんかを一輪手折れば聞こえくるあの時君は「バラか」と問いし

曇天に濁ることなき白侘助ノーと言い切る勇気持たねば

弥生の雪

温そうな枯れ芝続く川原よ父の居ぬことなんだか不思議

またたくまに弥生の雪は幕となり雨戸を閉めて夕餉の仕度

枯芝に冬陽を溜める河川敷巨人となりて寝ねてみたきよ

縁側は冬の陽溜まり杳き日の祖父の胡坐の温とさに似る

冬の陽は板塀すいと越えゆきて不意にモノクロわたしの時間

冬陽差す昼の電車は波小舟　眠りの国を漂うている

あとしばし冬の縁側あたためよ解決策はまだ見つからず

もう少し暮れきるまではまならうらに写してやらん春の予感を

Ⅲ

金剛山葛城山

まなじりに金剛山《こんごう》葛城山《かつらぎ》を置く暮らし　ああ頼もしき仁王のようだ

金剛山は雨に打たれているようだ雲の緞帳に閉ざされている

金剛山の風の冷たさ堅香子の花閉じる夜は風は呼び合う

二上山

二上山《ふたかみ》の雄岳と雌岳のその間〈馬の背〉*に立ち時を戻しゆく

＊山の稜線の窪んだ所

二上山に虹の大滝落ちるとき砂金のような残り雨降る

そのむかし高松塚の石棺はここ二上山より切り出されたり

杳かなる吾らが先祖のものづくり〈石切り場〉に削り跡残る

作りかけの石棺らしきがごんろりとあの日よりここに転がりている

山辺の道

仏の座群れ咲くここは山辺の道春陽に混じる祖母の温もり

日暮れには雨降り始むと予報あり山辺の道はただいま晴天

青垣の三輪の山にぞ手を伸ばし神隠しにも遭うてみたしよ

国境を越えて押し寄せる黄砂かな桧原神社より二上山見えず

露霜に彫りあと柔になられたる釈迦如来像と弥勒菩薩像

吉野山

吉野へと祈りの道を辿りゆく暖房ききたる吉野行き急行

苦行修行を思わせる苦き粒なれど腹痛薬は〈陀羅尼助《だらにすけ》〉でしょ

大小の法螺貝《ほらがい》吊るすショーケース「山伏の店」に一式はあり

熊野灘

本州の最南端よりみんなみへもっと南へ駆けゆく吾が瞳

〈KODOU〉とはまことと心地よき響きなり熊野古道に出会うものたち

あこがれは補陀落山《ふだらくさん》に往生と那智の浜こそこの世の淵なり

三貌十一面千手千眼観世音菩薩の真夜には下ろす数多の法具

るるるるる縁うるませて籠もりゆく熊野灘へときょうの夕陽が

陽は沈み御天道様の坐さねば空、海、吾はやすらぎのなか

高野山

終点の〈極楽橋〉へ滑り込む特急〈高野〉が運びてくれぬ

這うようにケーブルカーは登りゆくマタタビの白き葉の輝るなかを

マタタビを初めて知りぬケーブルカーの左右を祓う御幣のごとし

ゆっくりと「女人禁制」を問うてみる女人堂をバス過ぎるとき

刈萱堂の朱の鮮かさ定かには〈石堂丸物語〉を思い出せぬが

「鰹節でなく昆布だしで」福知院の精進料理を説く料理長

父母をしきりに恋う雉子の声きょうは聞こえず苔むす石

郡山城

郡山城攻めるとすれば何処より策を練りつつ巡る堀端

すっかあんと青ひといろの空の下石垣に濃ゆく松の影あり

忽然と消されし如き静けさよ吾ひとり城に生き延びていたり

ひろしま

秋晴れに原爆ドームは無人なり廃墟をすうすう行きかうヒトたち

原爆ドームの天辺ちかくに青サギが門番のごと動かずに居る

戒壇院の広目天と同じ眼差し　遠くを見つむドームの青サギ

「爆心地より九キロ離り居て被爆せず」おだやかな声で船頭の言う

抑止力として原子爆弾が要ると言う　そのてのひらに何をのせよう

日本への旅にわざわざヒロシマを訪ねてくれし外《と》つ国の人

沖縄

縮れ毛を少し湿らせ眠りたる幼を抱きてフライト二時間

頭の上を真白き曲線の〈ゆいレール〉琉球にまた異文化混入

ガラス張りの平和記念資料館の温とさよ幼のケープ脱がしてやりぬ

沖縄産シークヮーサー入り〈四季柑〉のビタミン沁みる右脳に沁みる

枇杷色の日溜りの壺屋陶器通りゆるゆると孫の乳母車を押す

書写山円教寺

杉木立の土の湿りのほどよくて仏の地へと誘われてゆく

緊張を枡いっぱいに溜めている書写山円教寺の三つの伽藍

壱千年の緊張の糸を踏まぬようおずおず歩む白州《しらす》まなかへ

頂き近く石仏ならぶ足元に花火のようにヤマゴボウ咲く

大自然と一体化してしまいたり籠もりて戻らぬ修験僧あまた

帰らねば探しに行こうか行くまいか谷わたる風「おうおう」と泣く

金閣寺

十年ぶり訪う鹿苑寺の栞にはハングル、中国、英語も並ぶ

つくづくと歳月を重ねて解ること舎利殿〈金閣〉より目を離されず

黄金色とは孤独なる輝りかも知れず日暮れて池に放たれる〈金閣〉

近つ飛鳥

いつきても立ち去りがたき孝徳陵この世の外へ誰か吾を引く

寝相乱れぬ天皇《すめらみこと》を思わせて凍れる杜なり孝徳陵は

小野妹子の墳墓を背に見下ろせば〈王陵の谷〉はくまなく冬晴れ

お天道さまの温とき光の溜めどころ生者も死者もいねむりおらん

こっぽりとふくらみふたつ二子塚枯れ葉が枯れ葉を隠す歳月

落ち葉に埋もる一須賀古墳群L2号　地へ戻りゆくたっぷりな時間

遮二無二に欲しい金環の耳飾り　B7号墳の主の物なる

はるばると海を渡り来し渡来人　帰れぬ、帰らぬ、異国に眠る

木枯らしに古墳の森が騒ぎ出す山を響す百済の言葉

発掘の終りし空き地にキリン草ねむれねむれと幽かに戦ぐ

小春日和の〈近つ飛鳥〉をウォーキング一六八二五歩の接触

ほとけさま

くもり空より不意に霰のこぼれきて聖林寺石垣の苔に置かるる

長年の熱き思いを拒むごと再会はガラスケースを隔てて

無理むりにガラスケースに押し込まれ口一文字の十一面観音

逞しく少し長めの右の手の五本の指の美しきメロディ

三歳の孫に似ているお御足を直に揃えて観音は立つ

甲高い笑い声に違いないあの阿修羅像が笑うとしたら

雨のなか千手観音のおわすごと梅の裸木は枝を拡げる

再会にも視線は吾に注がれず別れてきたり広目天と

Ⅳ

再会

二十八年前と変わらぬ大聖堂ハイケンス夫妻[*]とここで待ち合わせ

*オランダ滞在中の恩師夫妻

わたくしのオランダの母が申すには「何処に居ても同じ太陽が照るのです」

過ぎ去りし記憶がそのまま実在す角を曲がればヘーベルマン邸*
*オランダ滞在中の恩師邸

おみやげは東大寺仁王の壁飾りあなたの病を祓ってほしくて

エジプト

関空発カイロへ直行エジプト航空十四時間を断酒強いられ

エジプトに川は一本ナイル川　ナはＴＨＥ　イルはＲＩＶＥＲとぞ

ふんころがし即ちスカラベ神の使いエジプトの空を日輪転がす

幾千年かけて隠したる砂粒のヒトの記憶を発掘しおり

十カラットのダイアモンドあまた摑むごと星をひとりじめアスワンの真夜

アンコールワット遺跡

十二世紀の石廊に座り待つ日の出アンコールワットはもうすぐ夜明け

アンコール五塔を染める朝焼けはわたしの頬も染めているらん

今し渡るアンコールワットの石橋を黄衣の若僧こちらへ歩み来る

手をつきて這い登りきたる尖塔に石のビシュヌ神腰くねらせ立つ

旅人もカンボジア人も飛び退きぬ土埃あげオートバイ駆く

六年ぶりのエジプト

街なかにコーラン流れ目覚めたり六年ぶりのエジプトの朝

朗々と吾も唱えたしコーランを美しき喉《のみど》に絹の帯は舞う

アブシンベルへとアスファルト光る道一本リビア砂漠を貫いている

マチュピチュ

マチュピチュ雨だれのごとマチュピチュと内耳に響くマチュピチュへ発つ

赤煉瓦の粉を被れる古都クスコ　不毛の山に大文字〈PERU〉

アンデネスすなわち段々畑にてふともなつかし早苗色なり

セルジオ鈴木はマチュピチュ遺跡のガイドさん四時間あまりを声は途切れず

石切りは隕石にてと聞きし時バラバラ空より隕石の降る

大空へいまにも飛ぶかの石組みがセルジオの好きな〈コンドルの神殿〉

くきやかな夢かと思う眼下には*コンドルやサル、ハチドリが見ゆ

＊ナスカの地上絵

エジンバラ　ホームステイ

バーネット夫妻はぷあぷあぽっちゃり温かそう　エジンバラでのわたしのファミリー

エジンバラは今日も雨です寒いです　トム[*]はセーター、ロレイン[*]Tシャツ

＊ホームステイ先のバーネット夫妻

さらさらと胃の腑から落ちぬイングリッシュブレックファースト　コーヒー欲しい

「出世して石油をいっぱい送ってね」若き学友*モハメドとの別れ

＊語学学校でのイランからの学友

窓ガラス一枚隔て外《と》つ国の進行形の日常が行く

要塞に独りぽっち　窓の外は吾を知らない異国の日常

白夜には今日三度目のイベントが　今宵はレトロなパブでワインを

夜の更けにチカラ尽き始む白夜なり闇に吐き出す吾が緊張感

父の手のひら母の手のひら

幼き吾の熱もつ額にあてられし父のてのひら母のてのひら

縁側で家族揃って食べたよね父さんスイカの切り分け上手

母の日は〈肩たたき券〉がプレゼント百回券におまけを十回

鬼灯を上手に鳴らす母が居た「貸してごらん」と鬼灯かえらず

いちょう敷く境内ぬけて夢の中白割烹着の母と市場へ

若き母は編み棒を止めまぶた閉じパーマネントの頭を垂らす

いくそたび編みては解き又編みぬ竹の編み棒は飴色の艶

父のセーター兄のベストが編み込まれ炬燵カバーはカラフルになる

メロンパン食めばたちくる遥かなる兄のズボンの尻の継ぎ当て

なにもかも整理して逝く為らしい残り毛糸を母の編み継ぐ

着物地のパッチワークが流行《はやり》です縮緬、紬、祖母、母を接ぐ

こればかりは手縫いに限ると今もなお母のくれたる雑巾ま白

真っ紅な鼻緒

勝手口に並べられたる桐下駄の臙脂の鼻緒は母のものです

くきやかな臙脂の鼻緒の桐下駄と並びて歩く小さき吾が靴

軽やかにタップダンスを踊れそう真っ紅な鼻緒の桐下駄一足

玄関にヒールやブーツと並べ置く赤い鼻緒の桐下駄一足

履かぬまま終わるは寂し嫁入りの荷なる真っ紅な鼻緒の下駄は

桐下駄は素足の如き軽さなり飛び石を跳ぶ真っ赤な鼻緒

小さき吾は神業かと思いたり下駄のすげかえ鼻緒のなおし

昔むかし

藁灰に埃の積もる箱火鉢真鍮キセル薄闇に輝る

午後一時の予約券にぎり取りあえずきょうの京都は明るい空だ

レンブラントの暗い部屋より逃れ来て冬の陽あたる清水坂へ

清水坂の日陰の歩道を登りゆく渡ろうかなどと独り迷いつつ

寄らずにはすまないものに骨董屋　我が家と同じ煙草盆あり

偶然にかの人と逢うことなどもないとは言えぬ産寧坂は

「ねねの道」墨字くろぐろ書かれたり夕餉のことが気になるけれど

まならを

まならを小さき手漕ぎの舟渡る祖母住む島へ五十年前へ

石蹴りの小石がふいに消え去った坂道ころころ記憶の闇へ

捩じきりて口を閉ざせし紙袋ときを盗みて開かんとする

落ち葉さえ爪先立ちて走り出すひねくれ者のわたしを置いて

まならにくっきり残る放物線きょう吾が立ちし〈かぎろいの丘〉

「おくどさん」と祖母は呼びしよ焚き口に夕焼け色の横顔ありき

膳棚の右の開きの暗がりに氷砂糖の小壺はありき

如月に吾を産みたる母日々温くなりてゆきしと今年も言いぬ

ここかしこ蝶番《ちょうつがい》の緩みきて記憶の蓋もずれしとみゆる

まどかなる吾の午後を攪拌しヘリコプター去る音をまとめて

遥かなる記憶のひとつ寝ね際にまならうら照らすサヌカイト鏃《やじり》

置き薬

赤い地に太き墨字の紙箱に置き薬なるものが有りし頃

置き薬は棚の一番端にあり薬の長老たちが鎮座す

お土産はぺたんと畳まれし紙ふうせん越中富山の薬屋さんの

なんとなく訝しげなる薬屋さん紙ふうせんは嬉しいけれど

なよやかに対処すべき事ありて日にち薬をしばらく飲まん

陀羅尼助太田胃散に正露丸　弱りし胃腸を叱咤する匂い

頑なに姑の好きな和漢薬〈樋屋奇応丸〉を吾子は飲みしよ

良き薬われは持ちたり　この度は〈ひにち薬〉をひと月ばかり

V

あちらにこちらに

捨てがたきアボカドの種　埋めたればあちらにこちらにアボカドの木が

棹竹にぶら下がり並ぶ雨粒のそれぞれが抱く朝の光よ

硬直したる首を回せばほきほきと干からびし音身の洞に落つ

白むくげ吾が良心を照らすごといくつもいくつもこちらを向いて

何事もなかりし如き白むくげ先程あんなに雨が打ちたるに

白むくげ夏の盛りを咲き通すいつも静かにこちらを向いて

台風の去りし青天に刷ける雲　苦悩を越せばあんなに崇高

北風はひなが干し物揉みとおし冷たく柔きを夕べに畳む

かたあんと

あさなあさな時を告げる確かさよお隣さんの雨戸繰る音

雨上がりの今朝の飛び石　裏向きに天狗のうちわ貼りついており

「さあおいで」それとも「助けて」かも知れぬ両手を拡げて天狗のうちわ
かたあんと庭は日暮れて光消ゆ何もかもが寡黙になりぬ

クモの巣

ていねいな仕事ぶりだとクモの巣を見上げていれば主《ぬし》と目が合う

夏空に拡げし大きなクモの巣を畳みて何処へ行きしか主は

そういえばあのクモの巣が消えている今朝の秋空を独り占めする

直線を引き続けるのはむずかしい　ぐにゃりぐにゃりと心は曲がる

〈線〉の持つ少しのゆとり〈点〉の持つ少しのふくらみ　ナイスペアーか

夕まぐれ

本を閉じ顔を上げれば窓いっぱい静かな夕焼け吾に残れり

雲の向こう夕陽沈みてゆくらしい雲の切れ間を飛び出す光

干し物を取り込む手元を的にしてとぎれとぎれに夕陽が射せり

雨止みて裏畑に立つ夕まぐれこの薄闇を泳ぐ吾が耳

「やり直しの明日を必ずあげるから」きょうの悔いを焼いて夕焼け

まなうらを朱に染めたり暗めたり西へ下り来て樹間の夕陽

ひのくれ

柔らかな〈ひのくれ〉というひとときがふあんと寄り添い居てくれる今日

賜りたる燻し銀色のひのくれに吾を置き去る吾を放つ

夕暮れて鎮守の杜に響せる法師蟬の声明《しょうみょう》は途切れず

西方の空と山との間なるうすら紅を瞳にさす日暮れ

ひのくれに一輪ぽつんと彼岸花かそかシンバルの余韻のごとし

夕闇を圧縮させて作りゆく家の形や電信柱
瞬く間に折り畳まれしひのくれを拡げるように灯の点りだす

お宮参り

産土神へ初宮参りの児の額に紅あざやかに「小」と印せり

朗々とあげられている祝詞言《のりとごと》「大和撫子のごとく・・・」などとも

慌しくひのくれを畳む公園に子盗りの罠を仕掛け始めぬ

美具久留御魂神社《みぐくるみたまじんじゃ》の鳥居を潜りて宮参り祝いの紐銭ゆうらゆらゆらゆら

ケイタイ

きょう一日着メロ鳴らぬケイタイは歌を忘れたカナリアのよう

孫は来ず賞味期限が今日なれば幼児用ジュース三パック飲む

一日ぐらい行方不明になりてみよ夕餉の卓にも娘のケイタイが

頂きより写真添付のメールを送る雪うさぎを手の平にのせ

ケイタイに商談ひとつ纏まりそう電車待つ間を聞かされている

入院

あまたなる現実《うつつ》を見てきし吾が瞳なにゆえ白く濁りたるやら

五ヶ月も先のことなど判らぬに右目、左目の手術日決まる

わたくしのあちらこちらがわたくしでなくなってゆく　この瞳さえ

〈マイティア〉なる人工涙注入す次第に吾も人造人間

病院よりゆっくり歩いて帰ろうっと　佳き前兆のごと温とき陽差し

帰りきて庭へ廻れば木蓮の蕾光れり電飾のごと

ひのくれの疲れ目にさす目薬は水晶体への打ち水のよう

弾けたりし光は帷《とばり》に包まれてものの形がくきやかになる

夫の退職

十日ぶりあなたの声が受話器よりもつれるようにこぼれてきます

忍者のごとく秘密裡に事を運べない厨に居間に夫の居る日々

ウィークエンドを待たずとも日々自由なれば浮かれて夫は廊下を走る

主婦という吾が職業にはあらざりき退職日そして退職祝い

いつもいつも寄り添うつもりはないけれど君を追いかけ登る葛城山

バラ色の縫わずじまいのスカート地いつの間にやら似合わぬバラ色

くきやかに山の端濃ゆく線を引き今日という日に区切りをつける

「平成」に未だ馴染めぬ吾なれど「昭和」いつしかレトロと言われ

きょうのエネルギー

スポンジを取り替えたったそれだけで心弾みて茶碗を洗う

口寂しこころ寂しきわたくしにカナリアの声聞かせよ受話器

ガード下の荒地に一本月見草ゆうべの月光は届きましたか
わたくしのきょうのエネルギーをありがとうあなたの言葉を反芻してます

跋

道浦母都子

風船蔓の著者に

増井さん（筆名・ますいさち）というと、即座に思い出す記憶がある。

あれは、いつ頃だっただろうか、もう二十年近く前のような気がする。

当時、私は大阪・中之島にある朝日カルチャー・センターで短歌の講座を担当していて、増井さんは、受講生の一人だった。そんな中、たまたま大阪府下の富田林市を訪ねる機会があり、同じ、富田林に住む、増井さんのお宅に、お邪魔したことがある。

確か、富田林市寺内町にある杉山家を見学に行った折だと思うが、増井さんのお宅でのことは、よく覚えている。

主家の横に、別棟の二階家があり、家の中は、ロココ調を思わせるような、華麗な雰囲気の家であった。ああ、この家は、増井さんの美意識があふれている家だ。そう感じながら、私は、その雰囲気にひたりきっていた。

そのとき、増井さんが、「先生、ヨガやってみませんか」と、突然おっしゃった。増井さんが、ヨガの教師であることは、うかがってはいたが、実際、その姿を見たことはなかった。「先生、ここに座って」、私を近くに呼び寄せた増井さんは、私の肩に触れ、背中を引っ張るような姿勢をした。次に腕、足と、ヨガの基礎運動を教示してくださったが、もとより、体がかたく、体操などとは全く無縁の私は、「アイタタ、アイタタ」と悲鳴を上げるだけだったような気がする。

増井さんの体格は、どちらかと言えば、痩身なのに、驚くような強い力で、私の体を左右上下に屈身させたのには驚いた。さすが、ヨガの先生だなと納得したのである。

そんな増井さんから、「歌集を出してみたい。私なんかでも出せるでしょうか」との話を、お聞きしたのは、昨年の夏であった。「もちろんですよ。十分です」そう答えた私は、歌集をつくるプロセスを説明し、予定稿が出来たら、私の元に送って下さるよう、お願いした。

十月に入って、まもなく、増井さんから届いたのは、手づくりの私家版のきちんとした歌集だった。タイトルは『風船蔓』、

寂しさは地の果てよりやってきて風船蔓に忍びこみたる

冒頭にかなり近いところに置いた、この一首から、取ったのだという。

少々、意外な気がした。しばらく、お会いしていないが、私の知る増井さんからは「寂しさ」をあまり感じなかったからである。どちらかといえば、快活で、健康そのもののヨガの先生。それが、私の増井さん像だったから……。

「寂しさ」をうたいながら、増井さんの作に分け入ってみると、「光」という語が多く使われているのに気付く。

春の光揉みこむようにゆれゆれて庭の白楠発光したり

私は、この一首が好きだ。「光」が二度使われている作だが、春の光をたっぷりと吸い込んだ白楠が、まるで発光しているように見える。ここに増井さん自身の充実感が込められているように思われるからだ。

光曳き踏み石渡るかたつむり来世おまえは何になるのか
月読みの蒼き光に佇ちつくす幽けき声の届く気がして
日面《ひおもて》の縁に寝そべるわたくしの耳の中まで光が溜まる
雨止みて雲うすくなるひのくれに西方浄土の光もれくる
ぽつねんとブリキの馬穴《バケツ》が道端で夏の光を水に混ぜている

「光」の登場する作品を引いてみると、自ずと、増井さんをとり巻く自然、ひいては、日々の生活が伝わってくる。

嫁ぎ来て幾度目となる田植えかな植えては刈りて年齢《とし》重ねたり
嫁ぎ来て二十二回目の田植えなり泥の温みは指間より湧く

何かの折、「先生、私、田植えやってんのよ」と言われた増井さんの言葉に、きょとんとした私だったが、右記の作品から、その様子が具体的に伝わってくる。そのときは、増井さんも大変だなと思ったが、

稲刈りに家族総出は昔ばなし　コンバイン一台仕事二時間
コンバインのエンジン止まり静けさは吾を柔らかく包み始めぬ
南京黄櫨の木陰に拡げるお弁当ひと粒の米も買ったことなし

これらの作品から窺える稲刈りは二時間。しかも「ひと粒の米も買ったことなし」に、つながるのなら、羨しいような生活だなと感じたりもした。

富田林は大阪府南河内地域に位置し、古くから、京都から紀伊へと続く街道の宿場町として栄えた地。また、戦国末期より、京都興正寺別院を中心とする寺内町として発展したところでもある。私たちが、かつて、富田林を尋ねたのは、寺内町に残る「明星」派の幻の女性歌人、石上《いそのかみ》露子の生家、杉山家に魅かれての

ものだったのである。

寺内町はもちろん、富田林という町には、全体に情緒があり、石上露子のような歌人を、輩出しても不思議ではない雰囲気がある。

いつ、どこに生まれ、どこで暮らしたのかという点が、歌人にとっては、重要な要素であるが、増井さんにとっては、富田林の地に生まれ、ここで嫁ぎ、母となり、日常を営んだということは、歌人「ますいさち」にとって、大きな幸いだっただろうと想像する。そのことを示すように、作品にその実りが深く投影されてもいる。

まなじりに金剛《こんごう》山葛城《かつらぎ》山を置く暮らし　ああ頼もしき仁王のようだ
巡礼街道の途切れる所でさあ帰ろう　えのころ草の吹き出る所
いつきても立ち去りがたき孝徳陵この世の外へ誰か吾を引く
寝相乱れぬ天皇《すめらみこと》を思わせて凍れる杜なり孝徳陵は

金剛や葛城の山々を眺め、巡礼街道を散歩できる地。身近に陵があるという恵まれた環境で日々を過ごす作者だが、その地を見据える視線は、四首目のように鋭く、覚めてもいる。こうした対象を見つめ、その本質を見極めようとする視点は、短歌に関わることによって、育てられたのだと私は考えている。

ふり返って家族を、積極的にうたうことをしない増井さんだが、

八十九歳の母より頂く〈おとしだま〉捨てられず有る〈ぽち袋〉あまた
ほわほわと薄紅さざんか咲くように息子に並びてその妻座る

長寿の母や結婚した息子との、まさに「ほわほわ」とした関係を、やんわりと、作品化もしている。ことに、今回、歌集制作に伴って、初めて、お目にかかったご夫君をうたった作、

忍者のごとく秘密裡に事を運べない厨に居間に夫の居る日々
ウィークエンドを待たずとも日々自由なれば浮かれて夫は廊下を走る

ここには、仕事から解放された喜びを体一杯、堪能しているご夫君が、軽やかにうたい出されている。だが、現実は厳しい。このように喜びあふれた日々を過ごしていたはずの夫君は、全く異なる現実と向き合わねばならなくなった。あの健康的な増井さんが病とたたかうという情況に陥ったからである。

わたくしのあちらこちらがわたくしでなくなってゆく　この瞳さえ
ひのくれの疲れ目にさす目薬は水晶体への打ち水のよう

増井さんの体調の変化は二〇一二年の秋頃からだという。
だからの歌集の刊行でもある。これまでの自らの足跡を確かめる意味でもある。

「やり直しの明日を必ずあげるから」きょうの悔いを焼いて夕焼け

彼女は、こんな一首をつくっている。「やり直しの明日」、そんな日が必ずやってくると、私は信じたいと思う。この歌集にあふれる、健康で快活な増井さんが、必ず戻ってくることを――。

書き残したことが多く、残念な思いが残るが、短歌が増井さんの心の支えに、なっていたことを知り、ありがたく、感謝している。増井さん、ありがとうございました。

又、この歌集は、ご夫君の援助なくては、出来上がらなかった。その点も、あらためて御礼申しあげます。

本歌集が一人でも多くの方々の目に触れ、お読みいただけることを願って。

寒夜に記す

二〇一四年十二月二十六日

あとがき

「人生のどんでん返し」とでも言うべき難病の宣告を受け、不安な日々を送っております。この度、思いがけず私の初めての歌集『風船蔓』を出版いたすことになりました。

顧みますと、一九九二年春、朝日カルチャーの「短歌を楽しむ会」に入会させていただいた折、道浦母都子先生に「未来」をご紹介頂き、近藤芳美先生の選歌を受けることになりました。ここに収めた歌は、一九九三年から今日までの「未来」掲載歌の中から三七〇余首を自選いたしました。

集題の『風船蔓』は、

寂しさは地の果てよりやってきて風船蔓に忍びこみたる

より引用しました。頼りなげでふるふる震えながら陽に透ける緑の風船に心が和みます。

この度の出版では、これまでの自分の人生を振り返る貴重な機会をいただき、闘病生活の大きな支えになっています。

また、短歌の世界で心の支えとして温かい励ましをいただいた短歌サークル「ひだまり」の会の皆さま方に心より感謝申し上げます。

最後に、この短歌集の出版に際して、道浦母都子先生にはご多忙にも関わりませず心温まるご指導を賜りました。厚くお礼申し上げます。

二〇一四年十二月

ますい　さち

歌集　風船蔓

初版発行日　二〇一五年二月二十五日
著　者　ますい　さち（増井幸子）
富田林市中野町一―二二一―一（〒五八四―〇〇二一）
定　価　二〇〇〇円
発行者　永田　淳
発行所　青磁社
京都市北区上賀茂豊田町四〇―一（〒六〇三―八〇四五）
電話　〇七五―七〇五―二八三八
振替　〇〇九四〇―二―一二四二二四
http://www3.osk.3web.ne.jp/~seijisya/
装　幀　仁井谷伴子
装　画　増井紀子
印　刷　創栄図書印刷
製　本　新生製本

ISBN978-4-86198-302-3 C0092 ¥2000E